LOUIS DÉPRET

FEUX-FOLLETS

Tout ici-bas est feu-follet.

LILLE
E. VANACKERE, LIBRAIRE-ÉDITEUR
Grand'Place, 7.
—
1855

FEUX-FOLLETS

A Valentine.

Qu'à ces obscurs nouveaux-nés, qu'à ces timides petits voyageurs, épouvantés des aspérités à venir de la route, votre chaste et poétique foyer daigne prêter, ô jeune fille ! sa tutélaire chaleur, son virginal abri.

L. D.

Août 1855.

LES SOUHAITS DU DÉPART

I

Ami, tout passager prêt à quitter la plage,
Durant les jours voisins de son pèlerinage,
De ceux qui lui sont chers aime à s'environner...
C'est l'instant de prier, d'aimer, de pardonner.
Et lui, quand du départ, enfin, a sonné l'heure,
Une dernière fois, console, embrasse, pleure,
Et s'en va confiant... comme si chaque adieu
Au salut de ses jours venait d'engager Dieu.

Si le ciel est serein, l'onde paisible et douce,
Si la nacelle, ainsi qu'un landeau sur la mousse
Roule suavement sans terreur, sans danger...
Le soir, en regardant zéphyr enfler les voiles,
Ou bien au front des cieux resplendir les étoiles
A tous ces vœux, pour lui qu'il est doux de songer !

Plus d'une fois aussi sur la nef endormie,
La nuit, près du grand pont, une pensée amie
De son cœur plein d'émoi s'envolant vers les siens
Leur crie : A vos souhaits, je dois toute ma joie...
A chaque vent qui passe il dira : Je t'envoie
Annoncer que je me souviens.

Mais si gronde l'orage et se couvre la nue,
Si le navire au sein d'une mer inconnue
Au gré des aquilons et des ondes s'en va,
Qu'on entend se mêlant au bruit sourd des avérses
Mille voix invoquer dans leurs langues diverses :
Allah, le Christ et Jéhovah !

Ces vœux, dont il prit soin de s'entourer d'avance,
Au cœur du nautonnier laissent une espérance,
Même alors que la nef s'ouvre par le milieu...
Il semble que rester sourd à tant de prières
De femmes et d'amis, d'amantes et de mères,
Serait injuste à Dieu !

II

Pélerin qu'a tenté le décevant fleuron,
Ami, je vais aussi, détachant l'aviron,
Livrer adolescent, fier de mes vaines pages,
A la publicité, mer féconde en orages,
De mes loisirs d'un jour ce craintif rejeton.

Comme ce passager,... non sans grandes alarmes,
Je vais aussi quitter le rivage et ses charmes.
Mais, près d'abandonner pour un flot orageux
Le doux port et le ciel de mes tranquilles jeux,
J'ai voulu rassembler autour de ma nacelle,
Pour raffermir un peu mon âme qui chancelle,
Tes souhaits courageux.

Si mes chants d'écolier, si mes vers de jeune homme,
Méritent qu'on en parle et qu'une voix les nomme,
Si le fiévreux mistral épargne mon vaisseau,
Enfin, si je n'entends une critique amère
Me dire : « Batelier, retourne à ta grammaire,
« Bien mieux que l'Océan te convient le ruisseau ! »

Si j'entends blâmer par des lèvres moroses
Et le parfum douteux et le port de mes roses,
De ces myosotis, chères petites fleurs...,
Aux ironiques voix dont gêne la louange,
Je serai fier d'unir l'amitié sans mélange
De ton sourire et de tes pleurs.

ABEILLE ET PAPILLON

> Travaillez, prenez de la peine,
> C'est le fonds qui manque le moins.
>
> La Fontaine.

— « Pauvre abeille, du moins si le ciel en partage
« Comme à moi t'eût donné de brillantes couleurs,
« En mêlant sur ton aile à l'azur sans nuage
« Le tendre éclat des jeunes fleurs;
« Alors, oh ! tu pourrais bien joyeuse, ma chère,
« Accompagner dans l'air mon vol majestueux,
« Tu pourrais m'appeler ton frère,
« Et partager mes jeux. »

C'est ainsi qu'étendu sur une fleur vermeille,
Un jeune papillon haranguait dame abeille,
L'industrieuse fille à ce discours hautain
Répondit sans colère au papillon trop vain :

« Jeune orgueilleux, du moins si le ciel en partage
« Comme à moi t'eût donné l'infatigable ardeur,
« Le zèle qui féconde et non ce vain langage,
« Tu pourrais m'appeler ta sœur...
« Grave en ton souvenir ce conseil salutaire :
« Paresseux qui s'adore est souvent détesté;
« Enfant, l'homme n'a rien à faire
« De ton inutile beauté. »

REDIS-MOI TON NOM

> « Doux reflet d'un globe de flamme,
> « Charmant rayon que me veux-tu ?
> « Viens-tu dans mon sein abattu
> « Porter la lumière à mon âme. »
>
> LAMARTINE.

Séraphin aux ailes blanches,
Qui, voltigeant près de moi,
La nuit dans mon âme épanches
Un charme semé d'effroi...
Quand tu viens, forme idéale,
Ravir mon cœur soucieux... ;
Comme un parfum qui s'exhale,
Tu fuis bientôt vers les cieux !

Toi dont le souris m'enlève,
Ange ou gracieux démon,
Toi qui m'apparus en rêve,
Sylphe, redis-moi ton nom !

Divine est son harmonie...
A ce nom mélodieux,
Je sens fuir, ô voix bénie!
Le cauchemar odieux...
Daigne à mon âme ravie
Le dire encore une fois...
Qu'en moi renaisse la vie
Aux doux accords de ta voix.

Toi dont le souris m'enlève,
Ange ou gracieux démon,
Toi qui m'apparus en rêve,
Sylphe, redis-moi ton nom!

O messager prophétique!
Chaste gnome aux blonds cheveux!
A mon rêve fantastique
Souris... viens combler mes vœux!
Et dans le cœur du poète
Oh! daigne encore ce soir
Verser la flamme secrète...,
Un peu d'amour et d'espoir.

Toi, dont le souris m'enlève,
Ange ou gracieux démon,
Toi qui m'apparus en rêve,
Sylphe, redis-moi ton nom.

NAPOLÉON II

...Pauvre enfant, tête aujourd'hui glacée!
Victor Hugo.

C'est dans cet humble mausolée,
C'est là qu'il repose, passants,
Et que loin de nous exilée
Son ombre dort depuis vingt ans.

France, radieuse nacelle,
Tu voguais au gré des beaux jours,
Et si pourtant ton mât chancelle,
Le pilote veille toujours...
Le pilote au front vaste et blême,
Penché sur l'immense aviron,
Rêvait... Quand à son diadème
Étincelle un nouveau fleuron.

Quand il rayonna sur la France
Et sur le front du vieux marin,
Astre radieux d'espérance,
Présage d'avenir serein...
En l'immensité solitaire,
A l'aspect d'un rivage ami,
Telle au doux cri de : Terre! terre!
La nef d'allégresse a frémi...

Glorieuse et belle maîtresse,
Ainsi la France, jeune amant,
De ses clameurs d'auguste ivresse
Salua ton avènement.
« Gloire et salut prince de Rome!
« Héroïque espoir du lion!
« Salut noble fils du grand homme,
« Héritier de Napoléon.

C'est dans cet humble mausolée,
C'est là qu'il repose, passants,
Et que loin de nous exilée
Son ombre dort depuis vingt ans.

Entendez-vous l'airain qui gronde,
Terrible, joyeux, triomphant?
Ecoutez, il annonce au monde
Qu'il est né, le royal enfant.

A ce cri, le monde en silence
Lève un œil timide, étonné...:
Et s'agenouille avec la France
Aux pieds transis du nouveau-né.

D'avenir à la voix muette,
Qui cache, hélas! tant de regrets,
Mère à la tendresse inquiète,
Elle interrogeait les secrets...
Ciel, oh! dis-nous la destinée
Qui doit embellir son séjour...
Combien de trônes par année?
Combien de victoires par jour...?

Hélas! il n'eut qu'un jour sublime,
Le fils du Corse, ce roi-Dieu.
Comme son père dans l'abîme
Il disparut sous un adieu!
Et celui dont la jeune tête
Promettait la gloire au pinceau,
Ne nous laissa dans la tempête
Que le souvenir d'un berceau.

C'est dans cet humble mausolée,
C'est là qu'il repose, passants,
Et que loin de nous exilée
Son ombre dort depuis vingt ans.

REPOSE EN PAIX

> .... C'est bientôt pour nous !
>
> LAMARTINE.

Repose en paix, vierge adorée,
Fleur que le matin vit parée
D'amour, de parfum, de beauté...
Et qu'au milieu du jour à peine,
D'Aquilon la funeste haleine
Arracha du sol attristé.

ANGE AUX YEUX BLEUS

> Par ton doux accent d'Espagnole,
> Par l'aube de tes dix-sept ans,
> Je t'aimerai, ma jeune fille,
> Un peu plus que toujours... longtemps.
>
> Théophile GAUTIER.

Vous, jeune fille, avez mon âme,
Non-seulement parce qu'un jour
Votre cœur bat, pleure, s'enflamme,
A mes chants de deuil et d'amour...

Mais parce que votre œil céleste
Ne se détourne pas hautain,
Un jour d'été, si, pauvre Alceste,
Il m'aperçoit dans le lointain;

Mais, parce que sans me connaître,
Hélas ! attristé, languissant,
Vous m'avez plaint... beaucoup peut-être,
Et désiré mon luth absent.

Mais, parce que si notre vie
Était liée à d'autres jours,
Vous seriez encore une amie,
Vous seriez une sœur toujours.

Vierge, voilà pourquoi t'adore
Ce cœur qu'un regard a charmé,
Plus qu'un sourire de l'aurore,
Plus qu'un refrain de barde aimé.

MORT D'UNE JEUNE FEMME

« C'en est fait ; elle dort sous le triste gazon.
« Déjà manquent tes soins, ô douce ménagère !
« Et demain sans amour va régner l'étrangère. »

Emile DESCHAMPS.

Pauvre femme, à vingt ans dire à la vie adieu,
Le jour où radieuse, — ô bonheur éphémère ! —
Pour la première fois elle se sentit mère,
Mourir !... oh ! c'est un coup bien terrible, mon Dieu !

Il s'était accompli, femme, ton plus doux vœu...
L'enfant venait d'ouvrir son œil à la lumière,
Hélas ! à peine elle a rencontré sa paupière,
Qu'elle s'éteint pareille aux lampes du saint lieu.

Oh! que du haut du ciel un consolant message
Vienne charmer son cœur... et du dernier passage,
Doux Seigneur, abréger les suprêmes douleurs!

Qu'un de tes séraphins, compatissant génie,
Vienne quand sonnera l'heure de l'agonie,
Et de son premier-né lui dérobe les pleurs.

REGRET

« Ah ! berce, berce, berce encore,
« Berce pour la dernière fois,
« Berce cet enfant qui t'adore. »

LAMARTINE.

Oh ! pas si vite, ma nacelle,
Regarde... l'éclair étincelle,
Au loin l'aquilon orageux
Gronde... reviens au port fidèle,
Doux témoin de tes premiers jeux.

Pas si vite, heures d'espérance ;
Répondez... au cœur de l'enfance
Est-ce trop d'habiter un jour ?
Pas si vite, heures d'espérance,
Pas si vite, rêves d'amour.

Encore une heure, une heure encore,
Attendez la prochaine aurore ;
Hélas ! bientôt viendra le jour
Où, de ce cœur qui vous implore,
Vous fuirez aux cieux sans retour.
. . . .

Le plus beau moment de la vie,
Mon Dieu ! c'est bien cet âge pur
Où l'on espère sans envie,
Où l'on aime, où l'on se confie,
Où le ciel est toujours d'azur.

Ce doux moment qu'il passe vite !
Qu'elle est prompte dans sa fuite
L'heure d'aimer et de rêver !
C'est une onde si fugitive
Que l'homme penché sur la rive
Ne peut jamais s'en abreuver.

LA NUIT

La nuit, n'avez-vous jamais, comme
à votre insu, prêté l'oreille à des voix
mélancoliques perdues dans les airs.

POUJOULAT,
(*Correspondance d'Orient.*)

C'était l'heure où Morphée épanche sur le monde
Les ténébreux pavots, l'obscurité profonde,
Et les mystères de la nuit,
L'heure des revenants, des fantômes sans nombre
Où le ciel se déploie à nos yeux. Voile sombre
Où le repos succède aux clameurs, aux vains bruits.

Le temple était désert... religieux cantiques,
Hymnes majestueux et concerts séraphiques
Se taisaient au chœur du saint lieu...
A demain les doux chants d'amour et d'espérance.
Quand a sonné la nuit, le calme et le silence,
Règnent dans la maison de Dieu.

A cette heure où l'âme oppressée
Va chercher au sein du repos
L'oubli d'une amère pensée...
Le corps un remède à ses maux ;
A cette heure fatale et sombre,
Enfants, oh! dites-moi, dans l'ombre
Avez-vous entendu parfois
Des cris de souffrance infinie,
Des sons de mourante harmonie,
Des pleurs et de lugubres voix?

N'avez-vous pas prêté, l'âme sombre et plaintive,
Au bruit sourd du feuillage une oreille attentive?
Bruit semblable à la voix des morts...
Et dans vos visions, vos rêves fantastiques,
N'avez-vous pas ouï des refrains prophétiques,
Mystérieux accords?

Poète, quand la nuit, la brise qui soupire,
Mollement agita les cordes de ta lyre,
Réponds... en ton muet effroi,
Oh! n'as-tu pas cru voir au fond de la vallée
La muse, l'œil en feu, la tête échevelée,
Paraître devant toi!!

REMEMBER

SOUVIENS-TOI.

Sur l'album de A. C...

Aux jours de printemps, quand la terre
Sourit à l'éclat d'un ciel pur,
Parfois au souffle du tonnerre
S'efface le riant azur...

Mais du soleil, roi de lumière,
Si l'aimable et puissant rayon,
Ramenant la clarté première,
Soudain reluit à l'horizon...

Il fuit alors le sombre orage,
L'azur renaît au front des cieux,
Un doux vent chasse le nuage
Qui voilait ce jour radieux.

. . . .

Ah! si plus tard ton existence
S'attristait de néfastes jours,
Du fleuve joyeux d'espérance
Si l'orage troublait le cours...

Si des beaux jours de ta jeunesse
Trahissant les rêves heureux
Un avenir gros de tristesse
Venait seul répondre à tes vœux...

Alors, dans ta douleur suprême,
De l'amitié, divin pouvoir!
Alors, songe à celui qui t'aime,
L'amitié te rendra l'espoir.

NE PLEURE PLUS

...... Les petits malheurs
exaspèrent l'enfant.. ..
Victor Hugo.

Petit enfant, d'où vient la cause
De ta tristesse, réponds-moi,
De ce regard sombre et morose?
Tu gémis, j'ignore pourquoi.
Enfant, dans le sein de ta mère,
Oh! viens... épanche tes douleurs,
Retrouve ta gaieté première,
Sèche tes yeux baignés de pleurs.

Ah! bannis de vaines alarmes...
Assez de chagrins superflus,
Il est tant de sujets de larmes...
Pour des fleurs, des jouets perdus,
Ne pleure plus, enfant, ne pleure plus.

Je te les rendrai, je t'assure,
Si tu le veux, avant demain,
Je t'en comblerai sans mesure...
Et je ne promets pas en vain,
Des jours heureux de ton aurore,
Ne fais pas de lugubres jours,
Ris, quand il en est temps encore...
Enfant on ne rit pas toujours.

Ah ! bannis de vaines alarmes,
Assez de chagrins superflus,
Il est tant de sujets de larmes,
Pour des fleurs, des jouets perdus,
Ne pleure plus, enfant, ne pleure plus.

Dans la vie, assez d'amertume
Enfant envahira ton cœur,
Sans qu'à l'avance il se consume
Et se dévoue à la douleur...
Petit enfant, je t'en supplie,
Rends le doux sourire à tes yeux,
Que les premiers jours de ta vie
En soient aussi les plus joyeux.

Ah ! bannis de vaines alarmes,
Assez de chagrins superflus,
Il est tant de sujets de larmes,
Pour des fleurs, des jouets perdus,
Ne pleure plus, enfant, ne pleure plus.

VOGUE SANS BRUIT

« Qu'entends-je ? C'est le bruit de deux rames pareilles,
« Ensemble se levant, tombant d'un même effort,
« Qui de leur chute égale ont frappé mes oreilles. »

Casimir DELAVIGNE.

Oh ! ma nacelle,
Vogue sans bruit,
Le jour s'enfuit,
Ton mât chancelle...
Oh ! ma nacelle,
Vogue sans bruit.

Quand la nuit sur la terre
Épanche solitaire
D'une main le mystère,
De l'autre le repos ;

J'abandonne la grève,
L'air frais du soir m'enlève,
Et doucement je rêve
Sur la cime des flots.

Oh! ma nacelle
Vogue sans bruit...
Le jour s'enfuit,
Ton mât chancelle...
Oh! ma nacelle,
Vogue sans bruit.

Entre le ciel et l'onde
Mon œil curieux sonde
L'immensité profonde,
Et mon cœur bat d'effroi ;
Ou bien je vois dans l'ombre,
A l'horizon plus sombre,
Des fantômes sans nombre
S'acheminer vers moi.

Oh! ma nacelle,
Vogue sans bruit,
Le jour s'enfuit,
Ton mât chancelle...
Oh! ma nacelle,
Vogue sans bruit.

Myosotis.

> « Auprès de l'onde pure
> « Le myosotis croît...
> « Et la vague murmure :
> « Souvenez-vous de moi ! »
>
> *(Romance.)*

Oh ! quand ta voix mystique et douce
S'élève du sein de la mousse
En répétant : Souvenez-vous !
A cet appel suave et tendre,
Notre âme pleure... et croit entendre
La voix des absents près de nous !

Toi qui flétris l'indifférence,
Toi dont le nom sait la punir,
Je t'aime, ô fleur de souvenir!
De souvenir et d'espérance.

Myosotis, témoin constant
De sa tendresse humiliée,
Dis à celui qu'elle aime tant :
« Pourquoi m'avez-vous oubliée? »

Myosotis! en ce jardin,
Demain, au lever de l'aurore,
Si descend Guy le paladin,
Murmure-lui le nom d'Isaure!

O Myosotis! ici-bas
Tout pleure, doute, et tout oublie...
Pitié pour ma tendresse, hélas!
Dans l'amertume ensevelie!

Myosotis! modeste appui,
Myosotis, fleur bien-aimée,
Brille à ma fenêtre embaumée
En redisant : Songez à lui!

Humble sœur de la violette,
Daigne ton souvenir vainqueur
Inspirer le luth du poète
Et réjouir un peu son cœur!

Oh! quand ta voix mystique et douce
S'élève du sein de la mousse
En répétant : Souvenez-vous!
A cet appel suave et tendre,
Notre âme pleure... et croit entendre
La voix des absents près de nous!

ROSE ET JEUNE FILLE

LA JEUNE FILLE.

Royale fleur, rose si belle,
Oh! pourquoi n'es-tu pas rebelle,
Et ne déchires-tu la main
De ce jardinier inhumain
Qui te refuse à la bergère,
Douce reine de la fougère,
Et te va jeter sous les pas
De celui que tu n'aimes pas?
Pourquoi délaisses-tu la tige,
Le bleu papillon qui voltige
Sur ta corolle, avec amour,
Pour t'aller faner peut-être,
Et mourir au bout d'un jour
Loin des bords qui t'ont vu naître?

LA ROSE.

O vierge! qui plains mon destin,
Pleine de grâce en ton matin,
O toi! ma sœur, ma douce image,
A qui ma beauté sert d'hommage
Entre les mains... mais taisons-nous...
Pourquoi délaisser, jeune fille,
Cet âtre qui le soir pétille
Et réchauffe tes blancs genoux?
La tendresse immense et muette
De ce blond rêveur, ce poëte,
Dont la voix pleine de douceur
Souvent me dit : Est-ce ta sœur?
Pourquoi délaisser cette aurore
Qui te caresse avec amour,
Et loin de tout ce qui t'adore,
Hélas! t'envoler sans retour?

De leur causerie enchantée,
Enfant, un soir je m'enivrai,
Plus tard je sus, l'âme attristée,
Que rose et vierge avaient dit vrai.

A Monsieur P. L..., député.

LA TENARDERIE

(NORD)

Quand vient le soir
J'aime à m'asseoir,
J'aime à rêver sur tes fleurs et ta mousse ;
De ces foyers
Hospitaliers
La souvenance à mon cœur est bien douce.

L. D...

Si frais est l'air, si douce est la soirée,
Si plein d'amour est le soleil couchant,
Que malgré moi, de mon âme enivrée,
J'ai senti fuir les paroles d'un chant.

Je sais un cher asile
Quand le printemps exile
Du bruit de la cité,
Là rêve l'âme emplie
Et de mélancolie,
Et de félicité.

Tant de bonheur l'habite,
Son toit coquet abrite
Des jours si précieux...
Là tout est joie et fête,
Son eau pure reflète
Si bien l'azur des cieux.

Que la lyre muette
Sous le doigt du poète
Se réveille soudain,
Et joyeuse s'inspire
Du vieux bois qui soupire,
Des lilas du jardin.

Si frais est l'air, si douce est la soirée,
Si plein d'amour est le soleil couchant,
Que malgré moi, de mon âme enivrée,
J'ai senti fuir les paroles d'un chant!

Hélas ! de nos années,
Tant de roses fanées
Ont reçu l'hosanna !
Que mon cœur sans délire
S'était dit : Point de lyre
Quand tout le monde en a !

Mais ta vue est si belle !!...
Avant que je l'appelle,
A ton aspect serein,
Douce Ténarderie,
Accourt la rêverie
Avec un gai refrain.

Il est sans mélodie
Celui que je dédie
A l'hospitalité...
Le vôtre est mâle et tendre,
Mon cœur aime à l'entendre.
Mon cœur a répété :

Si frais est l'air, si douce est la soirée,
Si plein d'amour est le soleil couchant,
Que malgré moi, de mon âme enivrée,
Je senti fuir les paroles d'un chant.

SUR UN PORTRAIT DU GRAND HOMME

ENCORE ENFANT

..... L'homme siècle.....

TURQUETY.

Espère, attends, ô jeune Corse !
Attends ! impatient lion,
Que notre œil, sous ta rude écorce,
Ait deviné Napoléon !

Ton nom que la patrie ignore
Ne soulève pas l'univers,
Nul glorieux poëte encore
Ne le divinise en ses vers.

Espère, attends, oh! patience,
En l'avenir garde ta foi;
Le jour de gloire et de puissance
Bientôt, bientôt luira pour toi !

Encore un jour!... et la victoire
De l'impérissable laurier,
Celui que décerne l'histoire,
Couronnera ton front guerrier.

Encore un jour!... l'Europe altière,
Ébranlée au son de ta voix,
S'inclinera dans la poussière,
A genoux recevra tes lois.

Encore un jour!... et ce front blême
Qui n'attire pas les regards,
Ceindra l'antique diadéme,
Le diadéme des Césars.

POUR UN BAISER, POUR UN SOURIRE D'ELLE...

Çà venez, douce rebelle,
Sur ma foi vous êtes belle,
Belle à rendre fou d'amour.

L. D.
Le Talisman universel (inédit).

Oh! je t'aime, vois-tu, de cette ardeur immense,
Qui jamais ne finit, jamais ne recommence,
Et chasse de nos cœurs les vulgaires amours...
Comme un divin zéphyr se jouant dans les branches
Chasse des fruits naissants, et des corolles blanches
La poussière des jours.

Je te sais chaste et fière ! ô belle entre les belles !
Je sais que tes amours à tous les vœux rebelles
Ont vu se dérouler leurs flots adulateurs,
Désespérant d'un mot leur tendresse insensée :
« Jamais un seul de vous n'a connu ma pensée,
« Arrière flots menteurs ! »

Oh ! moi j'ai bien souffert de cet amour étrange
De l'enfant pour la femme et de l'homme pour l'ange...
De ces tourments sans fin pourtant j'ai béni Dieu...
Daigne et puisse cette hymne à ton nom consacrée,
Fleur de virginité, vierge et femme adorée,
N'être pas un adieu.

LE CAVALIER NOCTURNE

Hennis d'orgueil, ô mon coursier fidèle !

BÉRANGER.

Ainsi chantait le cavalier nocturne,
Au front sévère, à l'œil mystérieux,
A son coursier, compagnon taciturne
Au crin flottant, au poil fauve et poudreux.

Galope encore,
Jusqu'à l'aurore,
O mon coursier !
Jarret d'acier,

Ton vol sauvage,
Las! est l'image
De nos amours
Et de nos jours!

Mon noble ami, dans ce monde où tout passe,
Je ne veux rien pour bercer mes douleurs,
Rien que ton vol qui fend l'avide espace,
Je ne veux rien que ton vol... et mes pleurs.

Quand plane aux cieux Phébé, la solitaire,
Oh! qu'il m'est doux de cheminer sur toi!
Que j'aime au sein de ce profond mystère
A confier mes regrets à ta foi!

Je ne crains pas que ton cœur me haïsse,
O mon coursier! j'en ferai le serment,
Je ne crains pas que jamais me trahisse
Le rauque bruit de ton hennissement.

A mes souhaits, si le ciel non contraire
M'eut délivré de la commune loi...
O mon ami! mon confident, mon frère,
Pour mon bonheur je n'eusse aimé que toi.

Galope encore,
Jusqu'à l'aurore,
O mon coursier!
Jarret d'acier,
Ton vol sauvage,
Las! est l'image
De nos amours
Et de nos jours.

Ainsi chantait le cavalier nocturne
Au front sévère, à l'œil mystérieux,
A son coursier, compagnon nocturne
Au crin flottant, au poil fauve et poudreux.

VALENTINE

> ... Autour de vous tant de grâce étincelle.
>
> Victor Hugo.

Heureux et fier soit le poëte
Au cœur tendre, au luth inspiré!
Qu'enchantera la voix discréte
De votre sourire adoré...

Que du nom gracieux de frère
Vous appellerez... nom touchant!
Qu'en ses ennuis viendront distraire
Les sons bénis de votre chant.

Et qui verra l'âme ravie
Luire dans sa félicité,
Au pâle soleil de sa vie,
Un rayon de votre beauté.

Mathilde

Un ange au gracieux visage,
Penché sur le bord d'un berceau,
Semblait contempler son image
Comme dans l'onde d'un ruisseau.

« Charmant enfant qui me ressemble,
« Disait-il, oh ! viens avec moi,
« Là nous serons heureux ensemble,
« La terre est indigne de toi. »

Jean Reboul.

C'est là que solitaire
Loin du bruit de la terre
Tu reposes ma sœur...
Ah ! que ta voix chérie
Pour ta mère au ciel prie,

Et des jours
Sans secours
De ma vie
Soit l'ange défenseur.

Dieu te créa trop belle
Pour arrêter ta jeune aile
Aux parfums d'ici-bas,
Et risquer plus d'une heure,
En ce monde où tout pleure,
La candeur de tes pas.

Et puis comme un doux rêve
Un archange t'enlève
Mathilde en ton berceau;
Ainsi la main divine
Trancha dans sa racine
Le naissant arbrisseau.

C'est là que solitaire
Loin du bruit de la terre
Tu reposes ma sœur...
Ah! que ta voix chérie
Pour ta mère au ciel prie,

Et des jours
Sans secours
De ma vie
Soit l'ange défenseur.

Bergeronnette.

> « C'est ton doux chant qui me console,
> « Je n'ai point d'autre ami que toi,
> « Bergeronnette vole, vole
> « Bergeronnette devant moi. »
>
> Charles DEVALLE.

Oh! daigne chanter encore,
Chante au lever de l'aurore,
Chante à l'approche du soir...
Quand ta voix se fait entendre,
Au matin, joyeuse et tendre,
A mon cœur tu rends l'espoir.

Petit oiseau, léger roi des bruyères,
Oh! quand ta voix au timbre harmonieux
Guide mes chants, se mêle à mes prières,
Petit oiseau je prie et chante mieux.

Au pied du chêne à la couronne antique,
Sombre et rêveur, tu m'as vu bien des fois,
Quand tu chantais, mon cœur mélancolique
Se ranimait au doux bruit de ta voix.

Souvent le soir, en mon âme attendrie,
Ton chant plaintif, semant un vague effroi,
Ravit mon luth, berça ma rêverie,
Et m'inspira de chanter avec toi.

Oh! daigne chanter encore,
Chante au lever de l'aurore,
Chante à l'approche du soir.
Quand ta voix se fait entendre,
Au matin, joyeuse et tendre,
A mon cœur tu rends l'espoir.

AMOUR

> Si jamais vous n'avez senti que d'une femme
> Le regard dans votre âme allumait une autre âme,
> Que vous étiez charmé ; qu'un ciel s'était ouvert ;
> Et que pour cet enfant qui de vos pleurs se joue,
> Il vous serait bien doux d'expirer sous la roue,
> Vous n'avez point aimé, vous n'avez point souffert.
>
> Victor Hugo.

S'il est vrai que tout homme au monde,
Quand près d'une femme sans voix,
Cet aspect gracieux l'inonde
D'amers et suaves émois,

S'il est vrai, vierge à tête blonde,
Quand le luth pleure sous nos doigts,
Comme la nef au sein de l'onde
Qui semble gémir sous son poids,

S'il est vrai que cette contrainte,
Qui tient nos cœurs en son étreinte,
Vierge aux yeux bleus, s'appelle : Amour,

Ah ! je sens rougir mon front blême,
Jeune fille mon cœur vous aime,
Pour moi vous fûtes un beau jour.

JE VOUDRAIS BIEN

« Poëte, j'eus toujours un chant pour les poëtes,
« Et jamais le laurier qui pare d'autres têtes
« Ne jeta d'ombres sur mon front. »

Victor Hugo.

Je voudrais bien, daigne m'entendre,
Quand je tiens la lyre en ma main,
Avoir ta voix pieuse et tendre,
Ton regard modeste et serein...
Jeune espoir de la poésie
Tu dérobas ton harmonie
Au luth d'un archange des cieux,
Quand m'ouvriras-tu ta demeure?
Je voudrais bien m'asseoir une heure
A ton foyer religieux.

Oh! souvent une voix secrète.
Douce voix aux sons ravissants,
Tout bas m'a dit : « Jeune poëte
« Affronte la lice, il est temps;
« Tu pâlis, ta voix est timide,
« Ne crains rien, je serai ton guide;
« Je t'abriterai sous ma loi. »
Je crus la voix enchanteresse,
Et m'écriai dans mon ivresse :
« Oui le feu sacré brûle en moi! »

A peine, hélas! du port fidèle,
Où s'abrita mon doux matin,
Eus-je détourné ma nacelle
Que le ciel s'assombrit soudain...
Et mon cœur s'ouvrit aux alarmes,
Et mon sein se gonfla de larmes...
Aux premiers fruits de l'arbrisseau
Toi qui jadis daigna sourire,
Dis-moi si le dieu de la lyre
Me fit poëte en mon berceau.

Je voudrais bien, daigne m'entendre,
Quand je tiens la lyre en ma main,
Avoir ta voix pieuse et tendre,
Ton regard modeste et serein...

Jeune espoir de la poésie
Tu dérobas ton harmonie
Au luth d'un archange des cieux,
Quand m'ouvriras-tu ta demeure?
Je voudrais bien m'asseoir une heure
    A ton foyer religieux.

A Valentine de M...

FOI, ESPÉRANCE, AMOUR

Quand près de toi tout pleure et doute,
Vierge, ton âme sans effroi
Insoucieuse suit la route
Que lui traça sa jeune foi...
Las! ces beaux jours de confiance
Vont faire place à d'autres jours;
Mais qu'ai-je dit?... Non, douce enfance,
Pour être heureuse... crois toujours.

Bercé dans la douce ignorance
Des maux d'un avenir lointain,
Enfant, ton cœur à l'espérance
S'ouvrit dès son joyeux matin;

Mais cette étoile ne scintille
Également sur tous nos jours;
Mais qu'ai-je dit?... Non, jeune fille,
Garde l'espérance toujours.

Ces chers trésors que l'on t'envie,
De sainte espérance et de foi
N'embellissent pas seuls ta vie,
Faut-il le dire devant toi?
Foyers bénis des saintes âmes,
Tendre amitié, chastes amours,
Longtemps conservez-lui vos flammes,
Charmante fille aime toujours.

JE N'OSAIS PAS

> Ouvrez, Marie; ouvrez-lui votre porte,
> Qu'il se réchauffe au feu de vos trépieds.
>
> V. Hugo.

Hélas! je n'osais pas... de l'amitié fidèle
L'encourageante voix au cœur m'a dit tout bas :
« Poëte, vous tremblez... toute crainte est mortelle... »
Et moi je n'osais pas.

Mais l'amitié
N'eut pas pitié
Du luth tremblant qui lui criait détresse :
Je n'osai plus
Par un refus
Déshonorer ma lyre et ma tendresse.

Luth interdit
Chante, a-t-il dit,
Nos prés fleuris et nos forêts antiques,
Vieux pèlerins
Et les refrains
Où s'exhalaient nos voix mélancoliques.

Un jour d'été
J'ai répété
Des premiers ans l'illusion chérie,
L'écho des bois
Ouït ma voix
Lui confier : Salut, ô Thumerie !

Quand vient le soir
J'aime à m'asseoir,
J'aime à rêver sur tes fleurs et ta mousse ;
De tes foyers
Hospitaliers
La souvenance à mon cœur est bien douce.

Oh ! non, je n'osais pas… Mais il fallut souscrire
Aux vœux de l'amitié, je l'avouerai tout bas ;
Mais attendre en retour une larme, un sourire.
Oh ! non, je n'ose pas.

TABLE DES MATIÈRES

LILLE. — IMP. VANACKERE.

www.ingramcontent.com/pod-product-compliance
Ingram Content Group UK Ltd.
Pitfield, Milton Keynes, MK11 3LW, UK
UKHW012101240726
13965UKWH00004B/1455

9 782013 274937